TRADICIONES EN SALSA VERDE

Ricardo Palma

Copyright © 2017

ISBN-13: 978-1542986663

ISBN-10: 1542986664

Índice

La pinga del Libertador

El carajo de Sucre

Un desmemoriado

La consigna de Lara

¡Tajo o tejo!

El clavel disciplinado

Un calembourg

Otra improvisación del ciego de la Merced

La cosa de la mujer

Fatuidad humana

De buena a bueno

Los inocentones

El lechero del convento

Pato con arroz

La moza del Gobierno

Matrícula de colegio

La cena del capitán

La misa a escape

Tradiciones en Salsa Verde
La pinga del Libertador
de Ricardo Palma

Tan dado era Don Simón Bolívar a singularizarse, que hasta su interjección de cuartel era distinta de la que empleaban los demás militares de su época. Donde un español o un americano habrían dicho: ¡Vaya usted al carajo!, Bolivar decía: ¡Vaya usted a la pinga!

Histórico es que cuando en la batalla de Junín, ganada al principio por la caballería realista que puso en fuga a la colombiana, se cambió la tortilla, gracias a la oportuna carga de un regimiento peruano, varios jinetes pasaron cerca del General y, acaso por halagar su colombianismo, gritaron: ¡Vivan los lanceros de Colombia! Bolivar, que había presenciado las peripecias todas del combate, contestó, dominado por justiciero impulso: ¡La pinga! ¡Vivan los lanceros del Perú!

Desde entonces fue popular interjección esta frase: ¡La pinga del Libertador!

Este párrafo lo escribo para lectores del siglo XX, pues tengo por seguro que la obscena interjección morirá junto con el último nieto de los soldados de la Independencia, como desaparecerá también la proclama que el general Lara dirigió a su división al romperse los fuegos en el campo de Ayacucho: "¡Zambos del carajo! Al frente están esos puñeteros españoles. El que aquí manda la batalla es Antonio José de Sucre, que, como saben ustedes, no es ningún pendejo de junto al culo, con que así, fruncir los cojones y a ellos".

En cierto pueblo del norte existía, allá por los años de 1850, una acaudalada jamona ya con derecho al goce de cesantía en los altares de Venus, la cual jamona era el non plus ultra de la avaricia; llamábase Doña Gila y era, en su coversación, hembra más cócora o fastidiosa que una cama colonizada por chinches. Uno de sus vecinos, Don Casimiro Piñateli, joven agricultor, que poseía un pequeño fundo rústico colindante con terrenos de los que era propietaria Doña Gila, propuso a ésta comprárselos si los valorizaba en precio módico.

-Esas cinco hectáreas de campo -dijo la jamona-, no puedo vendérselas en menos de dos mil pesos.

-Señora -contestó el proponente-, me asusta usted con esa suma, pues a duras penas puedo disponer de quinientos pesos para comprarlas..

-Que por eso no se quede -replicó con amabilidad Doña Gila-, pues siendo usted, como me consta, un hombre de bien, me pagará el resto en especies, cuando y como pueda, que plata es lo que plata vale. ¿No tiene usted quesos que parecen mantequilla?

-Sí, señora.
-Pues recibo. ¿No tiene usted chanchos de ceba?
-Sí, señora.

-Pues recibo. ¿No tiene usted siquiera un par de buenos caballos?

Aquí le faltó la paciencia a don Casimiro que, como eximio jinete, vivía muy encariñado con sus bucéfalos, y mirando con sorna a la vieja, le dijo:

-¿Y no quisiera usted, doña Gila, la pinga del Libertador?

Y la jamona, que como mujer no era ya colchonable (hace falta en el Diccionario la palabrita), considerando que tal vez se trataba de una alhaja u objeto codiciable, contestó sin inmutarse:

-Dándomela a buen precio, tambien recibo la pinga.

Tradiciones en Salsa Verde
El carajo de Sucre
de Ricardo Palma

El mariscal Antonio José de Sucre fue un hombre muy culto y muy decoroso en palabras. Contrastaba en esto con Bolívar. Jamás se oyó de su boca un vocablo obsceno, ni una interjección de cuartel, cosa tan común entre militares. Aun cuando (lo que fue raro en él) se encolerizaba por gravísima causa, limitábase a morderse los labios; puede decirse que tenía lo que llaman la cólera blanca.

Tal vez fundaba su orgullo en que nadie pudiera decir que lo había visto proferir una palabra soez, pecadillo de que muchos santos, con toda su santidad, no se libraron.

El mismo Santo Domingo cuando, crucifico en mano, encabezó la matanza de los albigenses, echaba cada "Sacre nom de Dieu" y cada taco, que hacía temblar al mundo y sus alrededores.

Quizás tienen ustedes noticia del obispo, señor Cuero, arzobispo de Bogotá y que murió en olor de santidad; pues su Ilustrísima, cuando el Evangelio de la misa era muy largo, pasaba por alto algunos versículos, diciendo: Estas son pendejadas del Evangelista y por eso no las leo.

Sólo el mariscal Miller fue, entre los pro-hombres de la patria vieja, el único que jamás empleó en sus rabietas el cuartelero !carajo!

El juraba en inglés y por eso un "God dam!" de Miller, (Dios me condene), a nadie impresionaba. Cuentan del bravo británico que, al escapar de Arequipa perseguido por un piquete de caballería española, pasó frente a un balcón en el que estaban tres damas godas de primera agua, que gritaron al fugitivo:

— ¡Abur, gringo pícaro!
Miller detuvo al caballo y contestó:

— Lo de gringo es cierto y lo de pícaro no está probado, pero lo que es una verdad más grande que la Biblia es que ustedes son feas, viejas y putas. ¡God dam!

Volviendo a Sucre, de quien la digresión milleresca nos ha alejado un tantico, hay que traer a cuento el aforismo que dice: "Nadie diga de esta agua no beberé".

El día de la horrenda, de la abominable tragedia de Berruecos[1], al oírse la detonación del arma de fuego, exclamó Sucre, cayendo del caballo:

— ¡Carajo!, un balazo...
Y no pronunció más palabra.

Desde entonces, quedó como refrán el decir a una persona, cuando jura y rejura que en su vida no cometerá tal o cual acción, buena o mala:

— ¡Hombre, quién sabe si no nos saldrá usted un día con el Carajo de Sucre!

Volver arriba ↑ Berruecos: despoblado en Colombia, en donde fue traidoramente asesinado el general Sucre, haciéndose fuego desde unos matorrales acultos.

Tradiciones en Salsa Verde
Un desmemoriado
de Ricardo Palma

Cuando en 1825 fue Bolívar a Bolivia, mandaba la guarnición de Potosí el coronel don Nicolás Medina, que era un llanero de la pampa venezolana, de gigantesca estatura y tan valiente como el Cid Campeador, pero en punto a ilustración era un semi salvaje, un bestia, al que había que amarrar para afeitarlo.

Deber oficial era para nuestro coronel, dirigir algunas palabras de bienvenida al Libertador, y un tinterillo de Potosi se encargo de sacar de atrenzos a la autoridad escribiendole la siguiente arenga: "Excelentisimo Señor: hoy, al dar a V.E. la bienvenida, pido a la divina Providencia que lo colme de favores para prosperidad de la Independencia Americana. He dicho".

Todavía estaba en su apogeo, sobre todo en el Alto Perú, el anagrama: "Omnis libravo", formado con las letras de Simón Bolivar. Pronto llegarían los tiempos en que sería más popular este pasquín:

Si a Bolívar la letra con que empieza

Y aquella con que acaba le quitamos,

De la Paz con la Oliva nos quedamos.

Eso quiere decir, que de ese pieza,

La cabeza y los pies cortar debemos

Si una Paz perdurable apetecemos.

Una semana pasó Medina fatigando con el estudio de la arenga la memoria que, como se verá, era en él bastante flaca.

En el pueblecito de Yocoya, a poco mas de una legua de Potosí, hizo Medina que la tropa que lo acompañaba presentase las armas y, deteniendo su caballo, delante del Libertador, dijo después de saludar militarmente:

— Excelentísimo Señor. .. (gran pausa), Excelentísimo Señor Libertador. . . (más larga pausa).. —y dándose una palmada en la frente, exclamó: ¡Carajo!... Yo no sirvo para estas palanganadas, sino para meter lanza y sablear gente. Esta mañana me sabía la arenga como agua, y ahora no me acuerdo ni de una puñetera palabrita. Me cago en el muy cojudo que me la escribió.

— Déjelo, coronel —le contestó Bolívar sonriendo—, yo sé, desde Carabobo y Boyacá, que usted no es más que un hombre de hechos, y de hechos gloriosos.

— Pero eso no impide, general, que yo reniegue de esta memoria tan jodida que Dios me ha dado.

Tradiciones en Salsa Verde
La consigna de Lara
de Ricardo Palma

El general Jacinto Lara era uno de los más guapos llaneros de Venezuela y el hombre más burdo y desvergonzado que Dios echara sobre la tierra; lo acredita la famosa proclama que dirigió a su división al romperse los fuegos en Ayacucho.

El Libertador tuvo siempre predilección por Lara, y lo hacían reir sus groserías y pachotadas; decía, Don Simón, que como sus colombianos no eran ángeles, había que tolerar el que fuesen desvergonzados y sucios en el lenguaje.

Verdad también que Bolívar, en ocasiones, se acordaba de que era colombiano y escupía palabrotas, sobre todo cuando estaba de sobremesa con media docena de sus íntimos; cuentan, y algo de ello refiere Pruvonena, que habiéndole preguntado uno de los comesales, si aún continuaba en relaciones con cierta aristocrática dama, contestó don Simón:

— Hombre, ya me he desembarcado, porque la tal es una fragata que empieza a hacer agua por todas las costuras.

Un domingo, en momentos que Bolívar iba a montar en el coche, llegó Lara a Palacio y el Libertador le dijo:

— Acompáñame, Jacinto, a hacer algunas visitas, pero te encargo que estés en ellas más callado que un cartujo, porque tú no abres la boca sino para soltar alguna barbaridad; con que ya sabes, tu consigna es el silencio; tú necesitas aprender oratoria en escuela de sordomudos.

— Descuida, hombre, que sólo quebrantaré la consigna en caso de que tú me obligues. Te ofrezco ser más mudo que campana sin badajo.

Después de hacer tres o cuatro visitas ceremoniosas, en las que Lara se mantuvo correctamente fiel a la consigna, llegaron a una casa, en la que fueron recibidos, en el salón, por una limeñita, de esas de ojos tan flechadores que, de medio a medio, le atraviesan a un prójimo la anatomía.

— Excuse usted, señor general, a mi hermana, que se priva de la satisfacción de recibirlo, porque está en cama desde anoche en que dio a luz dos niños con toda felicidad.

— Lo celebro -contestó el Libertador-, bravo por las peruanitas que no son mezquinas en dar hijos a la patria. ¿Qué te parece, Lara?

El llanero, por toda respuesta, gruñó:

— Hum... Hum!

Bolívar no se dio por satisfecho con el gruñido, e insistió:
— Contesta, hombre... ¿en qué estás pensando?
— Pues con su venia, mi general, y con la de esta señorita, estaba pensando... en cómo habrá quedado el coño de ancho, después de tal parto.

— ¡Bárbaro! -exclamó Bolívar, saliendo del salón más que de

prisa.

— La culpa es tuya y no mía. ¿Por qué me mandaste romper la consigna? Yo no sé mentir y largué lo que pensaba.

Desde entonces el Libertador quedó escarmentado para no hacer visitas acompañado de don Jacinto.

Tradiciones en Salsa Verde
¡Tajo o tejo!
de Ricardo Palma

El único teatro que, por los años de 1680, poseía Lima, estaba situado en la calle de San Agustín, en un solar o corralón que, por el fondo, colindaba con la calle de Valladolid, y era una compañía de histriones o cómicos de la legua la que actuaba.

Ensayábase una mañana no sé qué comedia de Calderón o de Lope, en la que el galán principiaba un parlamento con estos versos:
Alcázar que sobre el Tejo

Lo de Tejo hubo de parecer al apuntador errata de la copia, y corrigiendo al cómico, le dijo:

--¡Tajo!, ¡Tajo!

Este no quiso hacerle caso y repitió el verso: Alcázar que sobre el Tejo

--Ya le he dicho a usted que no es sobre el Tejo...

--Bueno, pues--contestó el galán, resignándose a obedecer--, sea como usted dice, pero ya verá lo que resulta--y declamó la redondilla:

Alcázar que sobre el Tajo
Blandamente te reclinas

Y en sus aguas cristalinas

Te ves como en un espajo.

Y volviendo al apuntador, le dijo, con aire de triunfo

¿Ya lo ve usted, so carajo,

Cómo era Tejo y no Tajo?
A lo que aquél, sin darse por vencido, con
Pues disparató el poeta
!Puñeta!

Tradiciones en Salsa Verde
El clavel disciplinado
de Ricardo Palma

Gran cariño tuvo el virrey Amat por su Mayordomo, don Jaime, que, como su Excelencia, era catalán que bailaba el trompo en la uña y un portento de habilidad en lo de allegar monedas.

La gente de escaleras abajo hablaba pestes sobre los latrocinios, pero los que estaban sentados sobre la cola, que eran la mayoría palaciegos, decían que tal murmuración no era lícita y que encarnaba algo de rebeldía contra su Majestad y los representantes de la corona.

Esta doctrina abunda hoy mismo en partidarios, por lo de quien ofende al can ofende al rabadán.

Así, los clericales, por ejemplo, dicen, que siendo de católicos la gran mayoría del Perú, nadie debía atacar la confesión, ni el celibato sacerdotal, como si en un país donde la mayoría fuera de borrachos no se debería combatir el alcoholismo.

Amat abrigaba el propósito de no regresar a España cuando fuera relevado en el gobierno, y tan decidido estaba a dejar sus huesos en Lima, que hizo construir, en la vecindad del monasterio del Prado, una magnífica casa, con el nombre de Quinta del Rincón.

Podría, hoy mismo, ese edificio competir con muchos de los más aristocráticos de España; pero, como es sabido, fueron tantos y tales los quebraderos de cabeza que llovieron sobre el ex virrey, en el juicio de residencia, que aburrido al cabo, se embarcó para la Metrópoli, haciendo regalo de la señorial residencia, al paisano, amigo y mayordomo.

Decía la voz pública, que es hembra vocinglera y calumniadora, que don Jaime había sido en Palacio correveidile o intermediario de su Excelencia para todo negocio nada limpio, y como siempre las pulgas pican, de preferencia, al perro flaco, resultó que muchos de los perjudicados, más que al virrey, odiaban al mayordomo.

Una noche, sonadas ya las ocho, se aproximaba don Jaime a la Quinta del Rincón, cuando le cayeron encima dos embozados que, puñal en mano, lo amenazaron con matarlo si daba gritos pidiendo socorro. Resignóse el catalán a seguirlos, que el argumerlto del puñal no admitía vuelta de hoja, y lo condujeron al Cercado, lugarejo que, por esos tiempos, era de espantosa lobreguez.

Allí le vendaron los ojos y, calle adelante, lo metieron en una casuca donde, a calzón quitado, le aplicaron veinticinco azotes, con látigo de dos ramales, y así, con el rabo bien caliente, lo acompañaron hasta dejarlo en la plazuela del Prado.

Al día siguiente, era popular en Lima este pasquín:
Don Jaime, te han azotado

Y por si esto te desvela

A Amat dile que te huela

El clavel disciplinado.

Por supuesto que una copia de este pasquín llegó a manos del virrey, quien, atragantándosele el tercer verso, dijo:

Que le huela... que le huela...

Que se lo huela su abuela.

Tradiciones en Salsa Verde
El clavel disciplinado
de Ricardo Palma

Gran cariño tuvo el virrey Amat por su Mayordomo, don Jaime, que, como su Excelencia, era catalán que bailaba el trompo en la uña y un portento de habilidad en lo de allegar monedas.

La gente de escaleras abajo hablaba pestes sobre los latrocinios, pero los que estaban sentados sobre la cola, que eran la mayoría palaciegos, decían que tal murmuración no era lícita y que encarnaba algo de rebeldía contra su Majestad y los representantes de la corona.

Esta doctrina abunda hoy mismo en partidarios, por lo de quien ofende al can ofende al rabadán.

Así, los clericales, por ejemplo, dicen, que siendo de católicos la gran mayoría del Perú, nadie debía atacar la confesión, ni el celibato sacerdotal, como si en un país donde la mayoría fuera de borrachos no se debería combatir el alcoholismo.

Amat abrigaba el propósito de no regresar a España cuando fuera relevado en el gobierno, y tan decidido estaba a dejar sus huesos en Lima, que hizo construir, en la vecindad del monasterio del Prado, una magnífica casa, con el nombre de Quinta del Rincón.

Podría, hoy mismo, ese edificio competir con muchos de los más aristocráticos de España; pero, como es sabido, fueron tantos y tales los quebraderos de cabeza que llovieron sobre el ex virrey, en el juició de residencia, que aburrido al cabo, se embarcó para la Metrópoli, haciendo regalo de la señorial residencia, al paisano, amigo y mayordomo.

Decía la voz pública, que es hembra vocinglera y calumniadora, que don Jaime había sido en Palacio correveidile o intermediario de su Excelencia para todo negocio nada limpio, y como siempre las pulgas pican, de preferencia, al perro flaco, resultó que muchos de los perjudicados, más que al virrey, odiaban al mayordomo.

Una noche, sonadas ya las ocho, se aproximaba don Jaime a la Quinta del Rincón, cuando le cayeron encima dos embozados que, puñal en mano, lo amenazaron con matarlo si daba gritos pidiendo socorro. Resignóse el catalán a seguirlos, que el argumerlto del puñal no admitía vuelta de hoja, y lo condujeron al Cercado, lugarejo que, por esos tiempos, era de espantosa lobreguez.

Allí le vendaron los ojos y, calle adelante, lo metieron en una casuca donde, a calzón quitado, le aplicaron veinticinco azotes, con látigo de dos ramales, y así, con el rabo bien caliente, lo acompañaron hasta dejarlo en la plazuela del Prado.

Al día siguiente, era popular en Lima este pasquín:

Don Jaime, te han azotado

Y por si esto te desvela

A Amat dile que te huela

El clavel disciplinado.

Por supuesto que una copia de este pasquín llegó a manos del virrey, quien, atragantándosele el tercer verso, dijo:

Que le huela... que le huela...

Que se lo huela su abuela.

Tradiciones en Salsa Verde

Un calembourg

de Ricardo Palma

Fray Francisco del Castillo, más generalmente conocido por el Ciego de la Merced, fue un gran repentista o improvisador; su popularidad era grande en Lima, allá por los años de 1740 a 1770.

Cuéntase que habiendo una hembra solicitado divorcio, fundándose en que su marido era poseedor de un bodoque monstruosamente largo, gordo, cabezudo y en que a veces, a lo mejor de la jodienda, se quitaba el pañuelo que le servía de corbata al monstruo y largaba el chicote en banda, sucedió que se apartaba de la querella, reconciliándose con su macho. Refirieron el caso al ciego y éste dijo:

No encuentro fenomenal
El que eso haya acontecido
Porque o la cueva ha crecido
O ha menguado el animal.

Llegada la improvisación a oídos del Comendador o Provincial de los mercedarios, éste amonestó al poeta, en presencia de varios frailes, para que se abstuviera de tributar culto a la musa obscena.

Retirado el Superior, quedaron algunos frailes formando corrillo y embromando al ciego por la repasata sufrida.
— ¿Y qué dice ahora de bueno, el hermano Castillo? -preguntó uno de los reverendos.
El hermano Castillo dijo:
El chivato de Cimbal,
Símbolo de los cabrones,
Tiene tan grandes cojones
Como el Padre Provincial.

Rieron todos de la desvergonzada redondilLa, pues parece que el Superior, nacido en un pueblo del norte, llamado Cimbal, no era de los que por la castidad conquistan el cielo.

No faltó oficioso que fuera con el chisme a su paternidad reverenda, quien castigó al ciego con una semana de encierro en la celda y de ayuno a pan y agua.

Los conventuales, amigos del lego poeta, le dijeron que podía libertarse de la malquerencia del prelado aviniéndose a dar una satisfacclón.

El Padre Castillo echó cuentas consigo mismo y sacó en claro que, siendo él cántaro frágil y el Comendador piedra berroqueña, lo discreto era no seguir en la lucha del débil contra el fuerte; a esa sazón, paseaba su reverencia por el claustro y, arrodillándose ante él, nuestro lego poeta lo satisfizo con el siguiente, muy ingenioso Calembour:

Pues lo dije, ya lo dije; Mas digo que dije mal, Pues lo tiene como dije Nuestro Padre Provincial.

Tradiciones en Salsa Verde
Otra improvisación del ciego de la Merced
de Ricardo Palma

Señor, Dios ,que nos dejaste
Por patrimonio y herencia
La Pobreza y la Indigencia

Cosas que tú tanto amaste
Si era tan buena la cosa
Allá a tu mansión gloriosa
Do los ángeles se mueven
Que no juegan, que no beben
Ni fornican a una moza
¿Por qué no te las llevaste?

Tradiciones en Salsa Verde
La cosa de la mujer
de Ricardo Palma

Era la época del faldellín, moda aristocrática que de Francia pasó a España y luego a Indias, moda apropiada para esconder o disimular redondeces de barriga.

En Lima, la moda se exageró un tantico (como en nuestros tiempos sucedió con la crinolina), pues muchas de las empingorotadas y elegantes limeñas, dieron por remate al ruedo del faldellín un círculo de mimbres o cañitas; así el busto parecía descansar sobre pirámide de ancha base, o sobre una canasta.

No era por entonces, como lo es ahora, el Cabildo o Ayuntamiento muy cuidadoso de la policía o aseo de las calles, y el vecindario arrojaba sin pizca de escrúpulo, en las aceras, cáscaras de plátano, de chirimoya y otras inmundicias; nadie estaba libre de un resbalón.

Muy de veinticinco alfileres y muy echada para atrás, salía una mañana de la misa de diez, en Santo Domingo, gentilísima dama limeña y, sin fijarse en que sobre la losa había esparcidas unas hojas del tamal serrano, puso sobre ellas la remonona botina, resbaló de firme y dio, con su gallardo cuerpo, en el suelo.

Toda mujer, cuando cae de veras, cae de espalda, como si el peso de la ropa no le consintiera caer de bruces, o hacia adelante.

La madama de nuestro relato no había de ser la excepción de la regla y, en la caída, vínosele sobre el pecho la parte delantera del faldellín junto con la camisa, quedando a espectación pública y gratuita, el ombligo y sus alrededores.

El espectáculo fue para alquilar ojos y relamerse los labios. ¡Líbrenos San Expedito de presenciarlo!

Un marquesito, muy currutaco, acudió presuroso a favorecer a la caída, principiando por bajar el subversivo faldellín, para que volviera a cubrir el vientre y todo lo demás, que no sin embeleso contemplara el joven; el suyo fue peor que el suplicio de Tántalo.

Puesta en pie la maltrecha dama, dijo a su amparador:

— Muchas gracias, caballero. -Y luego, imaginando ella referirse al descuido de la autoridad en la limpieza de las calles, añadió: — ¿Ha visto usted cosa igual...?

Probablemente el marquesito no se dio cuenta del propósito de crítica a la policía que encarnaba la frasle de la dama, pues refiriéndola a aquello, a la cosa, en fin, que por el momento halagaba a su lujuria, contestó:

— Lo que es cosa igual, precisamente igual, pudiera ser que no; pero parecidas, con vello de más o de menos y hasta pelonas, crea usted, señora mía, que he visto algunas.

Tradiciones en Salsa Verde
Fatuidad humana
de Ricardo Palma

Cuando el rey don Juan de Portugal se vio forzado, en los primeros años del siglo XIX, a refugiarse en el Brasil, tuvo, pues su majestad fue muy braguetero, por combleza o manfla, querida o menina, a la más linda mulatica de Río de Janeiro, relaciones pecaminosas que, a la larga, dieron por fruto un muchacho, lo que nada tiene de maravilloso, sino de muy natural y corriente. ¡Esos polvos traen esos lodos!

Entiendo que la moza exprimió al rey don Juan, dejándolo con menos jugo que a limón de fresquería.

Dicen las crónicas que Patrocinio, tal se llamaba la bagaza, era caliente y alborotada de rabadilla, lo que la producía gran titilación y reconcomio en el clítoris.

Con ella, los cortesanos no tenían más que invitarla a beber una copa de onfacomelí (licor africano), y ... a cabalgar se ha dicho ...

Sospecho que Patrocinio era tan puta como cualquier chuchumeca de Atenas; cuando a un hombre le venía en gana echar un polvo con una de esas pécoras, no tenía para qué gastar palabras; bastábale con cerrar el puño, levantando el dedo índice. Si la hembra no estaba con patente sucia, o tenía otro compromiso ajustado, le contestaba cerrando el pulgar, en la forma de anillo o círculo.

Y ya saben ustedes, por si lo ignoraban, cuál fue el origen de esta mímica, que hasta ahora subsiste, entre las mozas de burdel. El macho también formaba anillo, metía en él el índice, y daba luego un taponazo, que era como decir: All right.

Barruntos tenía el rey de las frecuentes jugarretas de su coima, pero no se atrevía a rezongar, por falta de pruebas; al cabo, durmiósele un día el diablo a la muchacha y sorprendiéndola su señor, como dice la Epístola de San Pablo illa sub, ille super, allí fue Troya. Don Juan la encerró, por un año, en la prisión de prostitutas, y mandó al chico al Seminario de Lisboa; corriendo los tiempos, lo hizo arzobispo de Coimbra.

Jubilada ya Patrocinio en la milicia de Venus, aunque nunca había estado en correspondencia con su ilustrísimo y reverendísimo hijo, no pudo negarse a dar una carta de recomendación, a su confesor, para el arzobispo de Coimbra, llamado a entender en el asunto que lo llevara al Portugal.

Leyó su ilustrísima la carta, complació al portador en sus pretensiones, y cuando éste fue a despedirse, pidiéndole órdenes para Río de Janeiro, le dio la siguiente carta para Patrocinio:

Señora: Su recomendado le dirá que lo he servido a pedir de boca. No vuelva usted a escribirme, y menos tratándome como cosa suya, porque os filhos naturales do rey non tenhem madre. Dios la guarde.

No era Patrocinio de esas que lloran a lágrimas de hormiga viuda, ni habría ido a Roma a consultar al Padre Santo la respuesta que cabría dar a la fatuidad del arzobispillo.

He aquí su contestación:

Señor mío: Agradeciendo sus atenciones que a mi confesor ha dispensado, cúmpleme decirle que os filhos de puta non tenhem padre. Dios le guarde.

Tradiciones en Salsa Verde
De buena a bueno
de Ricardo Palma

La verdad purita es que, desde que desapareció la tapada, de sayo y manto, desapareció también la sal criolla de la mujer limeña. Era delicioso ir, hasta 1856, a la alameda de los Descalzos el día de la porciúncula y en el de San Juan, a la alameda de Acho, en una tarde de toros, y escuchar el tiroteo de agudezas en ellas y ellos, que los limeños no se quedaban rezagados en la chispa de las respuestas; compruébalo este cuentecito:

Iba en la muy concurrida procesión de Santa Rosa, persiguiendo a gentil tapada, un colegialito de San Carlos, mozo de veinte pascuas floridas, correcto en la indumentaria y de simpático coranvobis, realzado con lentes de oro, cabalgados sobre la nariz.

Lucía la tapada un brazo regordete y con hoyuelos, y al andar tenía un cucuteo como para resucitar difuntos, dejando ver un piecesito que cabría holgado en la juntura de dos losas de la calle.

Rompió los fuegos el galán, diciéndole a la incógnita belleza:

Me pego de balazos, con cualquiera, que me diga que no eres hechicera.

— ¿Versaina tenemos? ¡Límpiate que estás de huevo y déjame en paz, cuatro ojos!

— Te equivocas, tengo cinco, un taco para el quinto. ¿Y a ti en el sexto, cuántos te han puesto?

Tradiciones en Salsa Verde
Los inocentones
de Ricardo Palma

Reniego de tales inocentones y la peor recomendación que para mí puede hacerse de un muchacho, es la que algunos padres, muy padrazos, creen hacer en favor de su hijo, cuando dicen: ¡fulanito es un niño muy inocentón!

Siempre que escucho a un padre hablar de las inocentadas de su hija, me viene en el acto a la memoria la copla sobre aquella inocentona que:

Un día dijo a un mozo
a la sombra de una higuera
En no metiéndome a monja
méteme lo que tú quieras.

¡Inocentones! ni para curar un dolor de muelas, se encuentra uno en este planeta sublunar.

Conocí a un muchachote de dieciséis años de edad, que nunca había abierto la boca para pronunciar una palabra; los médicos opinaban que no era mudo, sino tartamudo, y que en el día menos pensado, rompería a hablar como una cotorra; por supuesto que recomendaron a la madre lo tratase con mucho mimo y que en nada se le contrariase. Realmente, una tarde, dijo el enfermo:

— Mamá... mamá.

Es para imaginada, más que para descrita, la alegría de la buena señora, que tenía al enfermito en el concepto de ser más inocente que todos los que Herodes condenó a la degollina.

— ¡Angelito de Dios! ¿Qué quieres? ¿Qué deseas?

Apuesto una cajetilla de cigarrillos, que es lo que puedo despilfarrar, a que no adivinan ustedes lo que contestó el inocentón. Vamos, ¡ya veo que no me aceptan la apuesta y que se dan por vencidos!

— Dime, rey del mundo -prosiguió la madre-, ¿qué es lo que quieres?
— ¡Chu... cha! -contestó lacónicamente el picaronazo.
— Desde entonces, no creo en los inocentones.

Tradiciones en Salsa Verde
El lechero del convento
de Ricardo Palma

Allá, por los años de 1840, era yanacón o arrendatario de unos potreros en la chacra de Inquisidor, vecina a Lima, un andaluz muy burdo, reliquia de los capitulados con Rodil, el cual andaluz mantenía sus obligaciones de familia con el producto de la leche de una docena de vacas, que le proporcionaban renta diaria de tres a cuatro duros.

Todas las mañanas, caballero en guapísimo mulo, dejaba cántaros de leche en el convento de San Francisco, en el Seminario y en el monasterio de Santa Clara, instituciones con las que tenía ajustado formal contrato.

Habiendo una mañana amanecido con fiebre alta, el buen andaluz llamó a su hijo mayor, mozalbete de quince años cumplidos, tan groserote como el padre que lo engendrara, y encomendóle que fuera a la ciudad a hacer la entrega de cántaras, de a ocho azumbres, de leche morisca o sin bautizar.

Llegado a la portería de Santa Clara, donde con la hermana portera estaban de tertulia matinal la sacristana, la confesonariera, la refitolera y un par de monjitas más, informó a aquella de que, por enfermedad de su padre, venía él a llenar el compromiso.

La portera, que de suyo era parlanchina, le preguntó:

— ¿Y tienen ustedes muchas vacas?

— Algunas, madrecita.

— Por supuesto que estarán muy gordas...

— Hay de todo, madrecita; las vacas que joden están muy gordas, pero las que no joden están más flacas que usted, y eso que tenemos un toro que es un grandísimo jodedor.

— ¡Jesús! ¡Jesús! -gritaron, escandalizadas, las inocentes monjitas. Toma los ocho reales de la leche y no vuelvas a venir, sucio, cochino, ¡desvergonzado!, ¡sirverguenza!

De regreso a la chacra, dio, el muy zamarro, cuenta a su padre de la manera como había desempeñado su comisión, refiriéndole, también, lo ocurrido con la portera.

— ¡Cojones! ¡Pedazo de bestia! ¡Buena la has hecho, hijo de puta! Ir con esas pendejadas a calentar a las monjas. ¡Hoy te mato a palos, canalla!

Y le arrimó una buena zurribanda.

A la mañana siguiente, fue el patán andaluz llevando la leche al monasterio, y por todo el camino iba cavilando sobre la satisfacción que se creía obligado a dar a las monjas.

— Madrecitas -les dijo-, vengo a pedirles mil perdones, por las bestialidades que dijo ayer, ese zopenco de mi hijo.

— No ponga usted caso en eso, ño Prisciliano -contestó una de las monjas-, son cosas de muchacho inocente, que no sabe lo que habla.

Se sulfuró al oír esto ño Prisciliano; como yo, tenía tirria y enemiga con los inocentones.

— ¿Inocentón, mi hijo? No lo crea usted, madre. ¡Coño y recoño! Como que no sabe usted, que el otro día lo sorprendí con tamaña pinga en la mano, cascándose tres golpes de puñeta. ¡Carajo, con el inocentón!

Y las monjas, poniéndose las manos en los oídos, echaron a correr como palomas asustadas por el gavilán.
Adivinarse deja, que cambiaron de lechero.

Tradiciones en Salsa Verde
Pato con arroz
de Ricardo Palma

Conocí a don Macario; era un honrado barbero que tuvo tienda pública en Malambo, allá cuando Echenique y Castilla nos hacían turumba a los peruanos.

Vecina a la tienda había una casita habitada por Chomba (Gerónima), consorte del barbero y su hija Manonga (Manuela), que era una chica de muy buen mirar, vista de proa, y de mucho culebreo de cintura y nalgas, vista de popa.
Don Macario, sin ser borracho habitual nunca hizo ascos a una copa de moscorrofio; y así sus amigos, como los galancetes o enamorados de la muchacha, solían ir a la casa para remojar una

aceitunita. El barbero que, aunque pobre, era obsequioso para los amigos que su domicilio honraban, condenaba a muerte una gallina o a un pavo del corral y entre la madre y la hija, improvisaban una sabrosa merienda o cuchipanda.

En estas y otras, sucedió que, una noche, sorprendiera el barbero a Manonguita, que se escapaba de la casa paterna, en amor y compañía de cierto mozo muy cunda.

Después de las exclamaciones, gritos y barullo del caso, dijo el padre:

— Usted se casa con la muchacha o le muelo las costillas con este garrote.

— No puedo casarme -contestó el mocito.

— ¡Cómo que no puede casarse, so canalla! -exclamó el viejo, enarbolando el leño; es decir que se proponía usted culear a la muchacha, así... de bóbilis, bóbilis... de cuenta de buen mozo y después... ahí queda el queso para que se lo coman los ratones? No señor, no me venga con cumbiangas, porque o se casa usted, o lo hago charquicán.

— Hombre, no sea usted súpito, don Macario, ni se suba tanto al cerezo; óigame usted, con flema, pero en secreto.

Y apartándose, un poco, padre y raptor, dijo éste, al oído, a aquél:

— Sepa usted, y no lo cuente a nadie, que no puedo casarme, porque... soy capón; pregúntele al doctor Alcarraz? si no es cierto que, hace dos años, para curarme de una purgación de garrotillo, tuvo que sacarme el huevo izquierdo, dejándome en condición de eunuco.

— ¿Y entonces, para qué se la llevaba usted a mi hija? -arguyó el barbero, amainando su exaltación.

— ¡Hombre, maestrito! Yo me la llevaba para cocinera, porque las veces que he comido en casa de usted, me han probado que Manonga hace un arroz con pato delicioso y de chuparse los dedos.

Tradiciones en Salsa Verde
La moza del Gobierno
de Ricardo Palma

Carolina L... era, en 1861, una guapa hembra y por la que el Presidente de la República, el gran mariscal don Ramón Castilla, se desmerecía como un cadete. Con frecuencia y de tapadillo, como se dice, iba después de las once de la noche a visitarla, siendo notorio que su excelencia era el pagano que, sin tacañería, cuidaba del boato de la dama.

El mariscal tenía, por entonces, sesenta y cuatro agostos, pues nació en 1797, y aún parecía hombre sano y enterote; algo debió influir la edad, para que Carolina anhelara las caricias de un joven, con vigor, para registrarla bien los riñones de la concha, cucaracha o como la llamen ustedes.

Víctor Proaño, que con el tiempo llegó a ser general de brigada, en la vecina república del Ecuador y que desde 1860 residía en Lima, en la condición de proscrito, era mozo gallardo y emprendedor y con pujanza para metérselo a un loro por el pico. Demás está añadir que no fue para él asco de iglesia la conquista de Carolina.

Al cabo llegó a noticias del mariscal, de que cuando él, después de las doce, se retiraba de casa de su maitresse, volvía a abrirse la puerta para dar entrada a otro hombre que no iría, por cierto, a rezar vísperas sino completas con Carolina.

Una noche, al aproximarse Proaño a la casa, le echaron zarpa encima tres embozados de la policía, lo enjaularon en un coche, lo condujeron al Callao y lo embarcaron en el vapor que a las dos de la tarde zarpaba para Valparaíso. A Proaño le dijo el comandante Vaquero, que era el jefe de los esbirros, que el gobierno lo desterraba por conspirador; un pretexto, como otro cualquiera, para alejar estorbos.

Es entendido que la dama se defendió como pudo ante don Ramón y que continuó en buen predicamento con él, que acaso en sus adentros murmuraba:

Me dices que eres honrada,

Así lo son las gallinas
Que cacarean, no quiero...
Y tienen al gallo encima.

El ministro de gobierno era un caballero que, por la talla, merecía ser tambor mayor y al cual había bautizado Castilla con el mote de Casa de Tres Pisos, añadiendo que el piso de abajo, corazón y barriga, estaban siempre bien ocupados, pero que el piso alto, el cerebro, era, a veces, habitación vacía.

El ministro tuvo la entereza para decir al Presidente, que encontraba arbitrarios la prisión y destierro de Proaño, a lo que contestó don Ramón:

— ¡Vaya unos escrúpulos de Fray Gargajo, los que tiene usted, señor ministro! Ni un colegial se queda tan fresco, cuando otro le birla su hembra... Soy ya gallo de mucha estaca...

— Pero, señor Presidente... -interrumpió el ministro.

— Nada, nada, señor don Manuel... este es asunto hasta de dignidad nacional. Este hombre va bien desterrado, porque siendo extranjero, ha tenido la insolencia de quitarle la moza al Gobierno del Perú... Y sépalo, señor ministro, el Gobierno no quiere aguantar cuernos

.

Tradiciones en Salsa Verde
Matrícula de colegio
de Ricardo Palma

Signore, dom Pietro Cañafistola, directtore de la escuela municipale de Chumbivilcas, 3 de Aprile de 1890.

Mio diletto signore: Fa favore de matriculeare ne la sua escuela, mei figlici Benedetto, Bartolomeo e Cipriano, natti in questta citá de Chumbivilcas, il giorno 20 de Febraio de 1881.

Sono suo servitore e amico
Crispín Gatiessa

Leída por el dómine esta macarrónica esquela, calóse las gafas, abrió el cuaderno de registro o matrícula escolar, entintó la pluma y antes de consignar los datos precisos, entabló conversación con sus futuros alumnos.

Eran estos tres chicos de nueve años, venidos al mundo, en la misma hora o paricio, de una robusta hembra chumbivilcana, casada con don Crispín Gatiessa, boticario de la población, que era un genovés como un trinquete y, tanto, que de una culeada le clavó a su mujer tres muchachotes muy rollizos.

A la simple vista, era casi imposible diferenciar a los niños, pues caras y cuerpos eran de completa semejanza.

— ¿Cuál es tu nombre? -preguntó don Pedro a uno de los chicos.

— Servidor de usted, señor maestro, Benedicto -contestó el interrogado con voz de flautín, anacrónica en ser tan desarrollado y vigoroso.
— Vaya una vocesita para meliflua -musitó el magister- y tú, ¿qué nombre llevas? -continuó, dirigiéndose al otro.

— Para servir a Dios y a la Patria, me llamo Bartolomé -con idéntica voz atiplada.

— ¿Otra te pego, Diego? -murmuró, para sí, el maestro-. ¡Vaya un par de maricones! ¡Lucido está el bachicha con su prole! ¿Y tú? -preguntó, dirigiéndose al tercero.

— ¿Yo?, yo soy Crispín Gatiessa -contestó con voz de trueno, el muchacho.

Casi se cae de espaldas el bueno de don Pedro Cañafistola, ante tamaño contraste, y exclamó:

— ¡Para la puta que los parió! ¡Qué cosa! ¿En qué consistirá, que siendo estos tres niños tan iguales de figura, nacidos del mismo vientre, de la misma ventregada, o en el mismo día, uno discrepe tanto por el vocerrón? Aquí me digo yo, cualquiera pierde su latín. ¡Vaya con los caprichos de la naturaleza!

— Yo le diré a usted, señor maestro, como mi madre no tiene sino dos tetas, ésas sirvieron para que estos dos hermanos mamasen a boca que quieres, y por eso han salido así... pobrecitos de voz.

— Y tú, ¿qué teta mamaste?
— Yo, ninguna.
— ¿Cómo ninguna?
— Sí, señor, ninguna: yo mamaba el pájaro de mi padre... y por eso he sacado este vocejón.

Tradiciones en Salsa Verde
La cena del capitán
de Ricardo Palma

A Dios gracias, parece que ha concluido en el Perú, el escandaloso período de las revoluciones de cuartel; nuestro ejército vivía dividido en dos bandos, el de los militares levantados y de los militares caídos.

Conocíase a los últimos con el nombre de indefinidos hambrientos; eran gente siempre lista para el bochinche y que pásaban el tiempo esperando la hora... la hora en que a cualquier general, le viniera en antojo encabezar revuelta.

Los indefinidos vivían de la mermadísima paga, con que de tarde en tarde, los atendía el fisco, y sobre todo, vivían de petardo; ninguno se avenía a trabajar en oficio o en labores campestres. Yo no rebajo mis galones, decía, con énfasis, cualquier teniente zaragatillo; para él más honra cabía en vivir del peliche o en mendigar una peseta, que en comer el pan humedecido por el sudor del trabajo honrado.

El capitán Ramírez era de ese número de holgazanes y sinverguenzas; casado con una virtuosa y sufrida muchacha, habitaba el matrimonio un miserable cuartucho, en el callejoncito de Los Diablos Azules, situado en la calle ancha de Malambo. A las ocho de la mañana salía el marido a la rebusca y regresaba a las nueve o diez de la noche, con una y, en ocasiones felices, con dos pesetas, fruto de sablazos a prójimos compasivos.

Aun cuando no eran frecuentes los días nefastos, cuando a las diez de la noche, venía Ramírez al domicilio sin un centavo, le decía tranquilamente a su mujer: Paciencia, hijita, que Dios consiente, pero no para siempre, y ya mejorarán las cosas cuando gobiernen los míos; acuéstate y por toda cena, cenaremos un polvito... y un vaso de agua fresca.

En una fría noche de invierno, la pobre joven, hambrienta y tiritando, se sentó sobre un taburete junto al brasero, alimentando el fuego con virutas recogidas en la puerta de un vecino carpintero; llegó el capitán, revelando en lo carilargo, que traía el bolsillo limpio y que, por consiguiente, esa noche iba a ser de ayuno para el estómago.

— ¿Qué haces ahí, Mariquita, tan pegada al brasero? -preguntó, con acento cariñoso, el marido.

— Ya lo ves, hijo -contestó en el mismo tono la mujercita-; estoy calentándote la cena.

Tradiciones en Salsa Verde
La misa a escape
de Ricardo Palma

De Bogotá era obispo

Monseñor Cuero

Que fue un sabio y un santo

De cuerpo entero.

Su misa para el pueblo,

Poco duraba,

Pues en cinco minutos

La despachada;

Porque del Evangelio

Nunca leía

Sino un par de versículos,

Y así decía:

Perdona, Evangelista,

Si más no leo;

Basta de pendejadas

De San Mateo.

CPSIA information can be obtained
at www.ICGtesting.com
Printed in the USA
LVHW092133310119
606032LV00002B/379/P